고수

아시아에서는 《바이링궐 에디션 한국 대표 소설》을 기획하여 한국의 우수한 문학을 주제별로 엄선해 국내외 독자들에게 소개합니다. 이 기획은 국내외 우수한 번역가들이 참여하여 원작의 품격을 최대한 살렸습니다. 문학을 통해 아시아의 정체성과 가치를 살피는 데 주력해 온 아시아는 한국인의 삶을 넓고 깊게 이해하는 데 이 기획이 기여하기를 기대합니다.

Asia Publishers presents some of the very best modern Korean literature to readers worldwide through its new Korean literature series 〈Bilingual Edition Modern Korean Literature〉. We are proud and happy to offer it in the most authoritative translation by renowned translators of Korean literature. We hope that this series helps to build solid bridges between citizens of the world and Koreans through a rich in-depth understanding of Korea.

바이링궐 에디션 한국 대표 소설 081

Bi-lingual Edition Modern Korean Literature 081

Grand Master

이외수
고수

Lee Oisoo

ASIA
PUBLISHERS

Contents

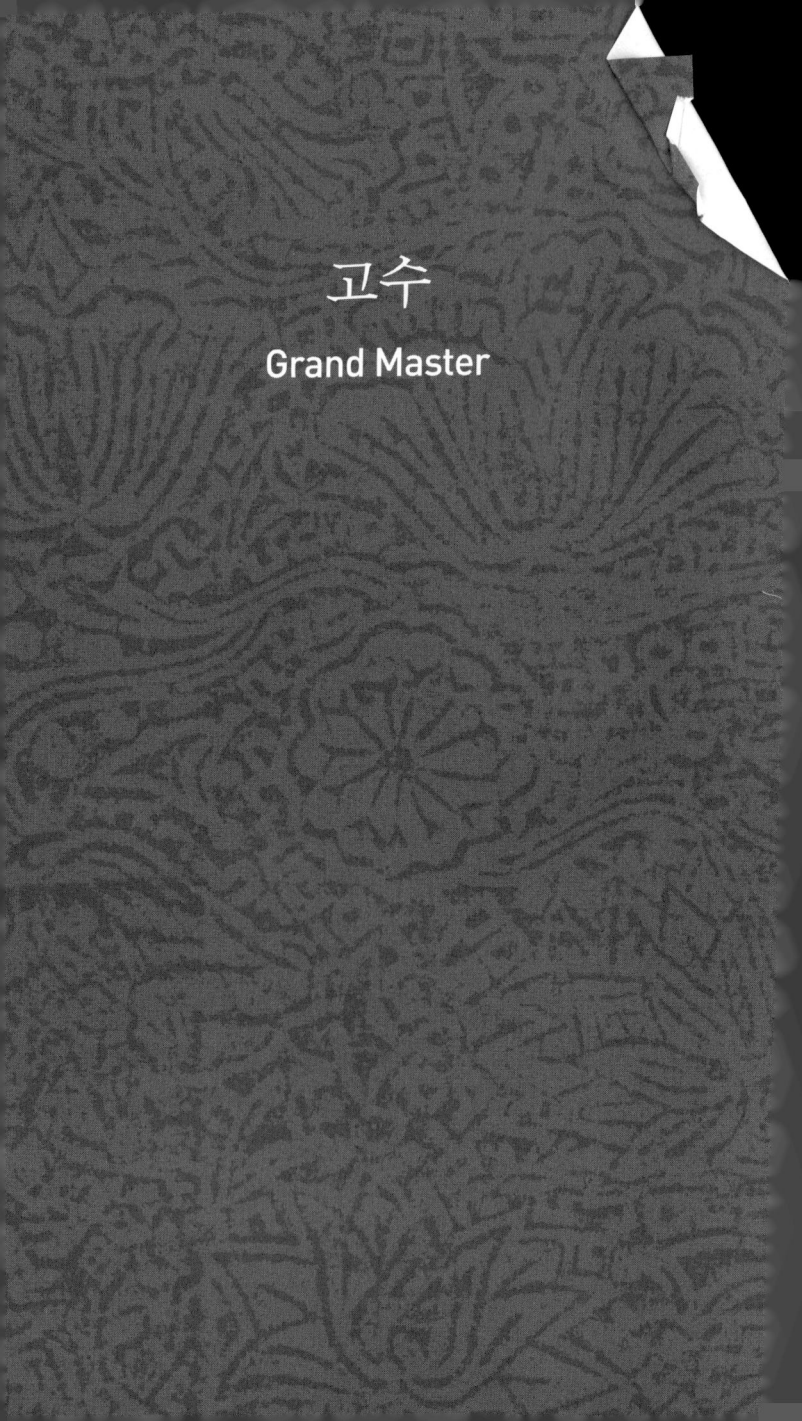

고수

Grand Master

노름에 관심이 많은 사람이라면 아마 '참꾼'이라는 말을 들어본 적이 있을 것이다. 속임수를 전혀 쓰지 않는 사람을 일컬을 때 쓰는 말이다. 참꾼의 무기는 염력이다. 오직 마음의 힘만으로 승부를 가늠하는 것이다. 그러나 아무리 속임수가 뛰어난 '야마시꾼'이라 해도 이 참꾼을 당할 재간은 없다고 들은 적이 있다.

우리는 기다리고 있었다. 당구장 한쪽에 준비되어 있는 임시 휴게실 소파에 앉아 기다리고 있었다. 당구장 주인의 말에 의하면, 당구장은 세금을 제대로 내지 않

Those of you who are familiar with gambling must have heard people describe a gambler who never cheats as a "true hand." Psychokinesis is such a person's secret weapon, allowing him or her to win a game using sheer mental power. A trickster, no matter how skillful, I have heard it said, can never beat a "true hand."

We sat waiting on a sofa in a makeshift den in a corner of the billiard hall. The owner of the place told us it was boarded up for a month because he hadn't paid the proper taxes. Black curtains were drawn across the front door and windows, the cue

았다는 이유로 한 달간 영업정지 처분을 받은 상태였다. 출입문과 창문에는 각각 검은 커튼들이 드리워져 있었고 벽에 나란히 정리되어 있는 큐대와 점수판, 텅 빈 당구대, 그것들은 모두 깊은 잠에 빠져 있는 것 같았다.

우리는 현재 모두 네 명이었다. 계획대로라면 앞으로 한 명이 더 올 거였다. 우리는 어느 중개인의 비밀한 주선으로 이곳에 함께 모이게 된 사람들이었고 우리는 서로 초면이었다. 우리를 이곳에 함께 모이도록 주선했던 그 중개인이 아까 대충 한 사람, 한 사람을 소개시켜 주기는 했었지만 그건 벌써부터 엿이나 먹어라였다. 이런 일이나 하러 다니는 사람들이 딱지 덜 떨어진 시골 면서기 도청에 월말 보고하듯 곧이곧대로 자기에 관한 일들을 중개인에게 밝혀주었을 턱이 없었고, 그렇다면 아까 중개인의 소개 내용은 편의상 제멋대로 꾸며낸 것들임이 틀림없을 거였다. 우선 나 자신에 관한 소개부터가 황당하기 짝이 없는 것들이었으니까.

우리는 아까부터 서먹서먹한 상태로 그저 침묵만 지키고 있었다. 침묵이란 자타의 약점을 감추기에는 매우

sticks and scoreboards were neatly lined up on the wall, and the billiard tables stood bare. They all seemed to be hibernating. There were four of us waiting. One more person was supposed to join us, according to the plan, which had been furtively arranged by a middleman to bring us, complete strangers, together. He had introduced us briefly, the middleman, but I was betting it was all bullshit. Do you really expect these sorts of guys to divulge their true identities to a middleman, like a petty rural bureaucrat making a monthly report to headquarters? No, they must have lied through their teeth. I know because I did.

After that we sat around dumbly. Silence is an excellent disguise for weaknesses. And in a moment we will all be enemies, engaged in a surreptitious battle, and everyone will open their mouths without being asked to. There was no need to hurry a display of weakness, I guessed all of us must be thinking.

But the boredom was too much for me. What was taking the last person so long? I glanced at my wristwatch: it was already twenty minutes past the appointed time. I lit a cigarette and began to feel nervous. The woman to my left kept stealing looks

편리한 도구일 것이다. 잠시 후면 우리는 서로 적이 되어 숨 막히는 암투를 벌여야 할 것이고, 그때는 저절로 입들이 벌어지게 될 것이다. 미리 얕잡힐 필요는 없다. 모두들 그렇게 생각하고 있는지도 모를 일이었다.

그러나 나는 따분했다. 나머지 한 명이 빨리 도착해 주었으면 싶었다. 손목시계를 보았다. 약속 시간은 이미 20분이나 지나 있었다. 나는 담배를 한 대 피워 물었다. 그리고 문득 의식했다. 내 왼편에 앉아 있는 여자가 자꾸만 곁눈질로 나를 홀끔거리고 있다는 사실을. 유한마담 기질이 다분히 있어 보이는 여자였다.

"담배 피우시겠습니까?"

나는 그녀에게 담배를 권해 보았다.

"담배 피울 줄 몰라요."

그러나 그녀는 화난 듯한 목소리로 담배를 사양했다. 사양하고 나서도 곁눈질로 나를 홀끔거리기를 잊지 않았다. 도무지 무슨 일로 이러는지 모를 일이었다.

"심심한데 당구나 한 게임 치실까요."

나는 앞에 앉은 사내에게 동의를 구하듯 말을 건네보았다. 턱이 유난히 긴 사내였다. 만약 이 사내가 널뛰기

at me. She looked like the wealthy sort.

"Can I offer you a smoke?" I said.

"I don't smoke." She sounded angry, but wouldn't stop looking at me—I didn't know why.

"It's so dull. Can I interest you in a game of billiards?" I extended the invitation to the man seated opposite me.

He had an unusually long chin. In a traditional Korean game of seesaw jumping, it would probably take less than three jumps for his chin to touch the ground. I felt like holding out my hand and cupping his chin as I waited for his reply.

His chin moved up and down as he laughed. "You can play alone, I don't know how to play billiards."

The son of a bitch. I bet he was lying. How could a gambler his age not know how to play billiards? Maybe he thought I was trying to wage a battle of nerves with him.

I got up from the sofa. The owner had fallen asleep and was snoring, his head on the counter. He must have been up all last night, too. I asked him for billiard balls and set them loose on the green fabric. The tables, cue sticks, and scoreboards all came alive as I began playing alone to

대회에라도 출전하게 된다면 미처 세 번도 뛰어보지 못하고 턱이 모조리 땅바닥으로 흘러내려 버릴 것만 같았다. 나는 사내의 턱을 손바닥으로 받쳐주고 싶은 충동을 느끼며 당구나 치자는 데에 대한 대답을 기다리고 있었다. 사내는 그 긴 턱을 들썩이며 몇 번 히죽히죽 웃었다. 그리고 이렇게 대답했다.

"혼자 치쇼. 난 당구 칠 줄 몰라요."

개애새……끼. 거짓말일 거였다. 이런 일이나 하러 다니는 주제에 그 나이까지 당구를 아직 칠 줄 모르다니 아마 사내는 내가 신경전이라도 벌이려 드는 줄 알았던 모양이었다.

나는 소파에서 혼자 일어섰다. 당구장 주인은 카운터에다 머리를 박고 코를 골며 자고 있었다. 어제도 날밤을 새운 모양이었다. 나는 그에게서 당구알들을 얻어내어 초록빛 라사 위에 와르르르 쏟아놓았다. 깊이 잠들었던 당구대와 큐대, 그리고 점수판들이 한꺼번에 눈을 뜨고 잠 속에서 깨어났다. 나는 혼자 심심풀이 당구를 치기 시작했다.

내가 큐대로 당구알의 뒤통수를 찍어댈 때마다 당구

kill time.

Each time my cue stick made contact, it would send a billiard ball rolling smack against another. I tried to divine my luck for the night from the game, and decided it was good enough. When I checked again, the woman was still giving me sidelong glances.

I played until I got bored, then I walked to the window and lifted the curtain to look outside. The sea was dark blue. The sky hung low and gray and the dark-blue waves churned, sending up foam. It looked like it would snow.

"Excuse me," someone said.

I turned around at the sound of a female voice behind me. It was the woman who didn't smoke.

"You're a mole, aren't you?" she said, eyeing me warily. I suppose she really was frightened, because she was breathing hard, her chest heaving up and down. It was ridiculous.

"Don't throw accusations," I said, turning my back to her.

"Stop playing innocent. I saw you at the police station," she said mockingly. Maybe she was paranoid.

I kept my eyes trained out the window, ignoring

알은 계산했던 코스대로 정확하게 굴러가서 맞아주곤 하였다. 나는 그것으로 오늘 벌어질 일을 점쳐보고 있었고 이만하면 충분한 행운을 잡을 수도 있으리라는 생각이 들었다. 자세히 보니 아까 내 곁에 앉아 있던 여자는 아직도 계속 곁눈질로 나를 흘끔거리고 있었다.

나는 한참 동안 당구를 치다가 그만 시들해져서 다시 창가로 걸어갔다. 걸어가서는 커튼을 걷고 창밖을 내다보았다. 바다가 보였다.

바다는 짙은 군청색이었다. 하늘이 회색으로 낮게 내려 앉아 있었다. 군청색 바다가 허연 거품을 게우며 기절하고 있었다. 눈이 올 것 같았다.

"이거 보세요."

등 뒤에서 여자 음성이 들려왔다. 돌아다보았다. 내 곁에 앉아 있던 바로 그 여자였다. 여자는 다시 입을 열었다.

"댁은 형사 *끄나풀*이지요?"

약간 겁먹은 듯한, 그리고 경계의 빛이 역력해 보이는 얼굴이었다. 너무 긴장한 탓인지 가슴이 심하게 움직일 정도로 크게 숨을 몰아쉬고 있었다. 어이없는 일이었다.

her. "Think what you like."

Before I knew it, she was standing next to me, gazing out the window. She still couldn't hide her anxiety though.

"Where have I seen you then, if not the police station?" Then she added, out of the blue, "Do you like snake meat?"

"Snake meat?" What sort of question was that?

"Yes, snake. They say it's good for virility."

"I've had it a few times."

"Then I must have seen you there, not at the police station. There's a snake restaurant next to my place. You know Bulnowon, right?"

"Ah, I remember now. What were you doing there, by the way? Collecting money for an investment club?" I asked her.

"No, just watching the comings and goings of people while I sat outside my store," she said, sounding relieved.

The truth was, I had never heard of Bulnowon.

Something long and black slithered like a serpent from the distant coast toward this city. It was probably the slow train scheduled to arrive at 16:10.

"She disgusts me," she said.

"Who does?"

"생사람 잡지 마쇼."

나는 한마디로 일축해 버리고는 다시 고개를 돌렸다.

"시침 떼지 말아요. 경찰서에서 본 적이 있어요."

그러나 여자는 비웃는 듯한 어투로 내게 말했다. 피해

망상증이라도 있는 모양이었다.

"맘대로 생각하쇼."

나는 귀찮은 듯 창밖만 내다보고 있었다. 한참 후 무

슨 생각을 했는지 여자도 조심스럽게 내 곁으로 와서

창밖을 내다보기 시작했다. 무언지 불안한 기색만은 감

추지 못하고 있었다.

"경찰서에서가 아니라면 또 어디서 보았을까……."

여자는 혼잣소리로 중얼거렸다. 그러다가 느닷없이

이렇게 물었다.

"뱀 고기 좋아하세요?"

참으로 엉뚱한 질문이 아닐 수가 없었다.

"뱀 고기라뇨?"

"뱀 말이에요. 정력에 좋다는."

"네, 더러 먹어본 적이 있습니다만."

"맞군요. 경찰서에서가 아니라 거기서 봤을 거예요.

"That woman over there," she said, lowering her voice and glancing over her shoulder at the other woman in our group. "Women who hang out in this sort of place have no right to put on such airs."

I had to agree the woman looked haughty. She looked like one of those wives of high-ranking government functionaries. Her lips were set in a thin line and she kept sending arrogant looks in our direction. She tried to appear stern, but the effect was hilarious. It was the sort of expression you'd expect from a mother scolding her kids at home. Maybe she didn't realize that sort of expression didn't work outside the home, especially with grownups. Or maybe she was channeling her husband, the high-ranking bureaucrat, who had to sit solemnly through many official functions. But who were we to criticize her when we were there for the same reason she was, sequestered from the rest of the world?

"So does it make you more virile, snake meat?" she said, changing the subject.

"Hmmm..." I smirked at her and she blushed.

The train moaned twice, like an animal, before burrowing into the depths of the city. Its heavy breathing could be heard even after its tail had dis-

우리 옆집이 바로 뱀을 파는 집이었어요. 불로원 집 아시죠."

"아. 저도 부인을 한 번 본 기억이 납니다. 그런데 부인께선 왜 거길 드나드셨던가요. 곗돈 때문이었나요?"

나는 아무렇게나 대답해 버렸다.

"아니에요. 난 그저 우리 가게 앞에 의자를 내다 놓고 앉아 거기 드나드는 남자들을 유심히 보아왔을 뿐이에요."

여자는 비로소 약간 안심이 된다는 표정이었다. 불로원 집? 금시초문이었다.

멀리 해안선을 따라 검고 기다란 뱀 한 마리가 느릿느릿 이 도시를 향해 기어들어 오고 있는 것이 보였다. 16시 10분에 도착한다는 완행열차인 모양이었다.

"참 아니꼬워서 못 보겠어요."

여자가 다시 입을 열었다.

"누구 말입니까."

"저 여자 말이에요."

여자는 소리를 낮춰 말해 놓고는 흘깃 뒤를 한 번 눈으로 가리켰다. 소파에 앉아 있는 우리들 넷 중 또 다른

appeared. I made for the sofa, leaving her at the window.

"It's snowing!" she exclaimed.

The woman who looked like a high-ranking bureaucrat's wife regarded her with distaste. "How can people be so vulgar?" she said.

Before long, the middleman came back and told us he had gotten a call. The person we were all waiting for had just arrived in the city aboard the train.

"So where is he?" the long-chinned guy said, looking disgruntled.

"He must be buying dried squid," the middleman replied.

"Squid? Why would he buy squid?"

"Who knows? That was what he said on the phone, that he had to buy several packs of high-quality squid. He said we might as well wait a bit more, given that we've waited this long anyway."

"How infuriating!" interjected the man with the long chin.

The slimy middleman persuaded us to stay, clearly used to playing the minion. He couldn't afford to have any of us walk out.

I had decided that he was in cahoots with the

한 명의 여자를 보고 하는 소리인 모양이었다.

"이런 데나 나돌아다니는 주제에 거만하기는."

혼잣소리 끝에 여자는 칫, 하고 비웃었다.

우리들 넷 중 또 다른 한 명의 여자는 사실 약간 거만해 보이는 데가 있기는 있었다. 그녀는 전형적인 고급 관리의 본부인처럼 보이는 여자였다. 그 여자는 시종일관 입을 다문 채 오히려 우리를 깔보고 있는 듯한 눈초리를 이따금 보내오곤 했었다. 게다가 제법 근엄한 표정까지 짓곤 했었다. 그것은 정말 웃기는 노릇이었다. 여자의 근엄한 표정이란 집에서 자식을 타이를 때나 겨우 어울려 보이는 장신구지. 밖에 나오면 쥐뿔도 아닌 것이 되어버린다는 사실을 그 여자는 모르고 있는 모양이었다.

아마도 그 여자의 근엄한 표정은 무슨 기념행사 따위에 자주 참석해서 근엄한 표정 하나로 의자를 지키다 돌아오는, 그 여자의 남편인 고급 관리에게서 모방한 것일 터였다. 하지만 우리들 중의 그 누구도 지금 다른 사람을 헐뜯을 만한 처지가 못 되는 셈이었다. 왜냐하면 우리는 피차 똑같은 목적으로 피차 세상 눈을 피해

billiard hall owner and the guy with the long chin. The two women couldn't be that accomplished; at best, pretty good amateurs. They didn't look savvy enough to be playing on this level. They had probably been thrown some bait and swallowed it hook, line and sinker. I had the feeling they were there to be devoured by the long-chinned guy. The back of his hand gleamed brighter than the women's did, weathered by game blankets.[1]

Hwatu.

Yes, we were assembled in that place to play Hwatu. The women must have won small sums playing with people secretly employed by the middleman. That was the bait. The real game would begin that night. Hwatu was a game where you felt you had to keep playing just one more time, whether you were on a winning or losing streak. These women were doomed.

But, beware, Mr. Long Chin, middle man, and billiard hall owner. Today, you shall meet your match. You haven't heard what I can do with sleight of hand. Not a single gambler has discovered my tricks—even though I have played in every gambling den across the country. In Baduk, you can immediately tell what happened by looking at the

서 이곳에 모인 사람들이므로.

"뱀 고기를 집수시고 나서 정말 정력이 좋아지셨나요?"

여자는 이제 화제를 바꾸고 있었다.

"ㅎㅎㅎ……."

나는 그냥 그렇게 웃어주었다. 말해 놓고 나서 여자는 약간 무안한 표정이 되어 있었다.

열차는 이제 두어 번 길게 동물적인 괴성을 발한 다음 도사의 사타구니 속에다 대가리를 쑤셔 박고 있었다. 꼬리가 다 먹혀들어 간 다음에도 잠시 열차의 헐떡거리는 소리는 계속되었다. 나는 소파로 다시 돌아왔다. 여자는 여전히 창가에 남아 있었다.

"어머나. 눈이 와요!"

그리고 잠시 후 그렇게 탄성을 발했다. 전형적인 고급 관리의 본부인같이 생긴 여자는 못마땅한 눈초리로 그쪽을 한 번 돌아보고는 경멸하는 투로 이렇게 말했다.

"여자가 왜 저렇게 천박하게 구는지 모르겠네 참."

잠시 후 중개인이 다시 당구장에 나타났다. 그리고 우리가 기다리던 나머지 한 명이 조금 전에 도착한 열차

players' faces while territory is counted with the captured stones. But in Hwatu, you can do that only after you crossed the threshold of the gambling place.

Only after I had given everything to gambling did I learn a thing or two about instinct, guesswork, and trickery. But I knew next to nothing about the last person who'd just come in on the train and had gone to pick up dried squid before playing Hwatu. What did he have up his sleeve?

Each Hwatu gambler has his or her own talisman. Some put a lock of a woman's pubic hair inside their ear for luck; some jinx themselves by pissing on their own foot and lose the next day. Some charms work for men, but not for women, and so on. Maybe the player we were waiting for had dried squid for a talisman.

Somebody knocked. Bam, bam, bam, bam. Bam, bam. Bam, bam. Bam, bam. Bam. Bam. It was the agreed signal. The owner of the place stood up and went to the door. Finally, the last player had come. We all craned our heads toward the door, as a young man stepped inside, carrying a bag. His head and shoulders were covered with snow—it must have been snowing heavily outside.

편으로 이 도시 안에 발을 들여놓았다는 소식을 전했다.

전화를 받았다는 거였다.

"그런데 왜 여태 안 나타나는 거요."

턱이 긴 사내가 불만 섞인 목소리로 말했다.

"아마 오징어를 사러 돌아다니고 있을 겁니다."

"오징어라니, 무슨 뜻이오?"

"저도 잘 모르겠습니다. 전화로 그렇게 말했어요. 오징어를 좋은 놈으로 꼭 몇 축 사야 하겠으니 이왕 기다리시던 김에 조금만 더 기다려달라고 말입니다."

"기가 막혀!"

그러나 중개인은 습관화된 유들유들함을 올리브처럼 전신에 번들번들하게 처바르고는 우리를 쉴 새 없이 구슬리기 시작했다. 판이 깨져버리면 곤란한 것이다.

내가 보기엔 중개인과 당구장 주인. 그리고 턱이 긴 사내는 한 패거리임이 분명했다.

두 명의 여자는 솜씨가 그리 놀라운 편은 아닐 것 같았다. 그저 아마추어로서는 제법 뛰어난 편이라고나 할까. 이런 곳에까지 덤벼들 만큼 밝은 눈의 소유자들은 아닌 것 같았다. 계획적으로 던져주는 미끼를 받아먹고

"I'm sorry," he said, bowing politely. "The train came late and I had to run a couple of errands."

A little girl who must have been in about fourth grade stood beside him. She was a sorry sight. She had wiry hair like a brush that a bad-tempered maid had used to scour the bottom of a pot. Her face was caked with dirt. She was snub-nosed and freckled, and had a large mouth. She reminded me of the middle doll in The Three Ugly Siblings.

"What are you doing here, little girl? Why don't you go outside and have a snowball fight with other children?" the billiard hall owner said, patting her unkempt hair.

"I'm here to play Hwatu," she said in a husky voice. Her voice was too dry and hoarse for a little girl. She chewed greedily on a squid, while the young man carried a bundle of them. I had been wrong about the squid being a talisman.

He was the exact opposite of the little girl: clean-shaven, glowing, and dignified. He had a good bearing and his clothes looked decent, although he did give the impression of being a bit cold.

Truth be told, I was relieved after having a good look at him. Just like a veteran arm-wrestler can immediately tell if he can beat his opponent the

덫 속에 철없이 한 발을 집어넣고 있는 여자들, 그녀들
은 오늘 저 턱이 긴 사내에게 모조리 돈을 빨려버리게
되도록 계획되어 있을 거였다. 턱이 긴 사내는 여자들
보다는 한결 담요때가 손등에 반들거리는 편이었다.

화투.

그것을 하러 오늘 우리는 이곳에 모인 것이다. 여자들
은 중개인이 붙여주는 사람들에게서 심심찮게 재미를 보
았겠지만 그건 어디까지나 미끼였을 것이다. 게임은 오
늘부터다. 따도 잃어도 꼭 한 번만 더 손을 대보고 싶어지
는 게 화투다. 이제 여자들은 볼장 다 본 셈인 것이다.

그러나 턱이 긴 사내여, 중개인이여, 그리고 당구장
주인이여, 당신들은 오늘에야 비로소 임자를 바로 만났
다. 당신들은 모를 것이다. 내가 얼마나 기막힌 손재주
를 가지고 있는가를. 조선 팔도 화투판을 다 돌아다녀
보아도 내 속임수를 눈치 채는 사람은 단 한 사람도 없
었다. 바둑은 집내기할 때, 화투는 문지방 넘을 때 안색
을 보면 대번에 자초지종을 알게 된다던가.

화투장에 미쳐서 쓸어박을 건 모조리 쓸어박고 나서
야 나도 겨우 터득했다. 직감과 눈치와 속임수를. 다만

moment they hold hands, I was seasoned enough to tell he wasn't much of a gambler just by the aura he exuded.

"Let's get on with it," the long-chinned guy said.

We all paid the middleman the agreed amount.

"Thank you very much! Have a lot of fun!" Offering that greasy well-wish, the middleman disappeared.

It was the billiard hall owner's turn to show his hand. He said the private gambling den was in the basement, but he didn't have the key.

"Then who has it?" the young man asked.

"The building owner does. You have to pay rent to borrow the key."

"How much?"

"You each pay 30,000 *won*."

While we dug through our bags for money, the guy rang up the building owner.

"Uncle, they only take cash here, don't they?" the little girl asked the young man, chewing noisily on her squid.

I had no idea what he was thinking, bringing a kid to such a place. He played billiards silently as we waited for the building owner to bring the key.

At first, it was just his form; but I grew more ner-

나머지 한 명에 대해서만 나는 아직 확신을 못 가지고 있었다. 화투를 하러 와서 오징어를 찾아 헤메다니, 무슨 꿍꿍이 속이 있는 것일까.

꾼들은 대개 터부들을 가지고 있었다. 여자의 음모를 귓속에다 한 오라기 감추어놓고 화투를 하면 반드시 따게 된다든가, 발등에다 오줌을 누게 되는 실수를 저지른 다음 날은 반드시 잃게 된다든가, 여자에겐 약하고 남자에겐 강하다든가 등등. 우리가 기다리는 나머지 한 명도 오징어와 관계된 터부 하나를 가지고 있는 것이나 아닌지.

노크 소리가 들리고 있었다.

똑똑똑똑. 똑똑. 똑똑. 똑똑. 똑. 똑.

약속되어진 신호였다. 당구장 주인이 벌떡 일어나 문쪽으로 가고 있었다. 드디어 나머지 한 명이 도착한 것이다.

우리는 일제히 호기심에 찬 눈초리로 문 쪽을 바라보고 있었다.

가방을 들고 청년 하나가 들어섰다. 머리와 어깨에 눈이 하얗게 얹혀 있었다. 제법 많은 눈이 내리고 있는 모

vous as I watched him play. No, it wasn't just his form. *Clack!*

His form as he hit the balls with the cue stick was suave and brisk. What's more, the speed and trajectory of the balls varied each time. The white and red balls moved like intelligent beings on the rectangle of green cloth that looked like freshly mown grass. At the young man's bidding, they would freeze, then roll forward, or brush against other balls and send them spinning back quickly. He dispersed them all over the table, then gathered them all together. Just when you thought there was no chance he would score, he would send a ball arcing into the air and back down to hit the others. It was unbelievable. And he did it effortlessly, like child's play. I went over to him.

"Can you try something?" I said. I remembered a configuration that a friend had told me was impossible to break from and score.

"Set it up," he said, his eyes bright with curiosity.

I placed a white ball against the cushion between two red balls, so it couldn't move sideways or forward. It was right against the cushion. My friend had called it the "cushion double jam."

"May I?" he said, smiling. The scoreboards and

양이었다.

"죄송합니다."

청년은 정중하게 허리를 굽히며 늦었음을 우리에게
사과했다.

"예상외로 열차가 늦게 도착한 데다가 볼일이 좀 겹
쳐서……."

라고 청년은 덧붙이고 있었다. 청년 곁에는 꼬마가 하
나 딸려 있었다. 국민학교 4학년쯤 되어 보이는 계집애
였다. 한마디로 지독하게 못생긴 용모를 가진 계집애였
다. 그 애의 머리카락은 성질 나쁜 식모 애가 함부로 냄
비 바닥을 문질러대다가 아무렇게나 팽개쳐버린 수세
미처럼 너저분하게 헝클어져 있었다. 땟국물이 졸아붙
은 얼굴, 들창코에다 주근깨에다 너부죽한 입에다—못
난이 3형제라는 인형들 중에서 가운데 인형과 흡사해
보였다.

"여긴 뭣하러 왔니, 꼬마야. 집에서 애들하고 눈쌈이
나 하며 놀잖구."

당구장 주인이 그 애의 헝클어진 머리카락을 쓰다듬
어 주며 말했다.

cue sticks on the wall seemed to hold their breath,
as they watched him. He held the stick vertically.
For a moment, time stood still.

Clack!

The stick came down with frightening speed, and
next thing I knew, the white ball was perched on
the rail, spinning rapidly before slipping back on
the bed and dispersing the two red balls. It was
jaw-dropping.

"It's a trick shot," he said, grinning.

I had no clue how he could have pulled off such
a trick.

"Pardon my nosiness, but what's your average
score?"

"Why don't you tell me what you think it is? Now
I'll do a triple cushion. Ready? Go." He hit a white
ball hard and fast with his cue stick, kicking it
against the cushion. It ricocheted like lightning,
brushing past a red ball, again' hitting the cushion
twice and brushing against another red ball, before
rolling back toward him at frightening speed. Then
he angled the stick toward the table and the ball
came rolling toward him on its edge. I stood there
frozen, as though I had seen a ghost. He tossed the
ball lightly in the air then caught it again.

"화투를 치러 왔어요."

계집애는 갈라지는 목소리로 말했다. 계집애답지 않게 건조하고 탁한 목소리였다. 그 애는 게걸스럽게 오징어 다리를 물어뜯고 있었는데 청년의 또 한 손에는 큼지막한 오징어 꾸러미가 들려 있었다. 오징어에 대한 터부를 가지고 있을지도 모른다는 내 짐작을 나는 여기서 일단 틀린 것으로 간주해 두는 수밖에 없었다.

청년의 용모는 계집애와는 완전히 대조적이었다. 해맑고 귀티 나는 얼굴, 짜임새 있는 자세, 단정한 옷차림, 그러나 약간 차가운 인상을 주고 있었다.

나는 청년을 찬찬히 훑어보며 약간 안심을 하고 있었다. 팔씨름이 도사인 사람들이 상대편의 손목을 한번 잡아보는 것으로도 이미 이길 수 있는 상대인지 아닌지를 대번에 알아낼 수 있듯이, 나는 그 청년에게서 풍겨오는 분위기 하나로써도 그 청년이 어느 정도의 꾼인지를 짐작할 수 있을 만큼은 닳고 닳아 있었던 것이다.

"빨리 시작합시다들."

턱이 긴 사내가 서두르고 있었다. 우리는 각자 중개인에게 약정한 금액을 떼주었다.

"It's nothing. There are so many master hands better at it than I am."

Once we had paid the building owner, we went downstairs to the basement. I was crestfallen, but, nevertheless, I was still sure he wasn't much of a Hwatu player. I trusted my instinct, and I hadn't let my skills go rusty. In fact, I had sharpened them almost to perfection. Plus, being good at billiards didn't necessarily mean he was good in Hwatu. I would beat him without mercy. I would plough on until the wee hours, guided by the three principles of Hwatu: show no mercy, stay lucky, and no giving away the winner's tip. In this way, I tried to console myself.

"It's true, she's the gambler, not me," the young man said, pointing to the little girl who was devouring her squid. It was comical.

"Are you trying to make a fool out of me?" the long-chinned guy said.

"I'm not kidding. Try if you think you can give her a run for her money. She looks shabby, I know, but she's the goddess of Hwatu."

Mr. Long Chin rummaged through the deck, picked out five cards and showed them to her. "What's this number, kid?"

"고맙습다. 재미 많이들 보쇼."

중개인은 유들유들하게 인사를 치르고 나가버렸다. 그러자 당구장 주인이 다시 우리에게 다가와 손바닥을 내밀었다. 비밀 도박장은 이 당구장 바로 밑 지하실에 있는데 지금 자기에겐 지하실 문을 열 열쇠가 없다는 거였다.

"그럼 누구한테 있습니까."

청년이 물었다.

"건물 주인한테 있어요. 임대료를 먼저 줘야만 열쇠를 내줍니다."

"얼맙니까?"

"일인당 삼만 원씩 입니다."

우리들은 각자 돈가방을 열었고 당구장 주인은 건물 주인에게 전화를 걸기 시작했다.

오징어를 계속해서 게걸스럽게 물어뜯고 있던 꼬마가 청년에게 말했다.

"여긴 현찰 박치기로 하나 봐, 삼촌."

청년은 왜 저런 꼬마를 이런 데까지 데리고 다니는지 모를 일이었다. 건물 주인이 열쇠를 가지고 올 때까지

"One, one, eight makes ten, and the res. eight," she replied quickly.

"What about this?"

"One, three, six makes ten, and the rest makes seven!"

"And this?"

"It's impossible to make ten."

"Well, what about this then?" He spread two chrysanthemums, two plums, and a peony.

She grinned. "Do you think I'm stupid to make a double ten with 9, 9, 2? That 9, 9, 2 can make the rest only 8, so I'd rather make ten with 2, 2, 6, so the rest makes one 9-pair!"

"Fine, no problem. Anyway, we're all here to play for money, never mind who it's from." His chin twitching, Mr. Long Chin unilaterally decided to let Little Miss Middle Child from The Three Ugly Siblings play in the Hwatu game of Dorijitgottaeng. That inauspicious start signaled the beginning of some outrageous gambling.

"All right, let's go," the woman who had asked me if I liked snake meat said. To decide the dealer, we each picked a card from the deck. It was she who was chosen to deal.

From that point on, we entered a world where

청년은 아까 내가 치던 당구대에서 말없이 당구를 치고
있었다.

좋은 자세다…….

처음 나는 그렇게만 생각했었다. 그러나 차츰 치는 횟
수가 거듭됨에 따라 나는 조금씩 긴장하기 시작했다.
자세를 가지고 따질 문제가 아니었기 때문이다.

딱!

시종일관 청년이 큐대로 공을 찌르는 동작은 가볍고
상쾌했다. 그러나 그때마다 공이 움직이는 속도와 방향
은 편이했다. 마치 가위로 반듯하게 오려다 놓은 초록
풀밭 같이 산뜻한 라사 위에서 희고 빨간 공들은 뇌를
가진 생명체들처럼 움직이고 있었다. 그것들은 완전히
청년이 마음속으로 내리는 명령에 따라 멈칫 섰다가 다
시 앞으로 굴러가기도 하고 다른 공을 멀리 밀어내고는
재빨리 뒤로 빨려들기도 하는 것 같았다. 확 흩어져 버
리는가 하면 다시 고스란히 한자리에 모이고. 도저히
맞을 가망성이 없는가 하면 또 귀신이 곡할 노릇으로
급격한 포물선을 그으며 날아가 맞아주곤 하는 거였다.
별로 힘도 들이지 않고 그저 장난삼아 청년은 그런 묘

age, status, facial expression, chin length, or anything else didn't matter. All that mattered was luck and money. The laws and morals of the world beyond that basement didn't matter at all to us. Also, here, a pack of cigarettes was 2,000 *won*, a cup of coffee, 1,500, and fried chicken, 20,000. A gutsy person might not have brought a weapon, but most people were likely to have at least one knife hidden on them.

They say life's a gamble. It sounds catchy, but it's not true, because no one could live life as seriously and perilously as they gamble. Finally, we were dealt our cards, and eyes darted about, cunning and cruel.

By early evening, Mr. Long Chin was leading, drawing piles of money to his side. Meanwhile, it was my turn to start dealing. I didn't think the time was right to start my tricks, so I dealt the cards honestly. The woman who looked like a high-ranking official's wife and I lost money, while the others except for Mr. Long Chin managed to break even. She had the guts, but not the sense to outwit others. But the other woman was quick-witted; she would pull out whenever she had a bad hand

기를 풀어놓고 있었다. 나는 그에게로 다가섰다.

"이것 한번 쳐보시겠습니까?"

언젠가 친구 녀석이 사람의 힘으로는 도저히 쳐낼 수 없을 거라던 모양이 생각나서였다.

"글쎄요. 어디 한번 놓아보시죠."

청년이 흥미 있는 눈을 하고 내게 말했다.

나는 우선 흰 당구알 하나를 쿠션에 갖다 붙였다. 그리고 빨간 당구알 두 개를 그 흰 당구알에다 마저 갖다 붙인 다음 흰 당구알이 옆으로도 앞으로도 빠져나갈 수 없도록 배치했다. 뒤는 쿠션에 막혀 있었다. 속칭 쿠션 쌍떡이었다.

"쳐볼까요?"

그러나 청년은 말하면서 빙긋 웃었다. 갑자기 벽에 붙어 있는 점수판이며 큐대들이 숨을 딱 멈추고 청년을 바라보기 시작했다.

청년은 큐대를 천천히 수직으로 곧게 세웠다. 일순 세상의 모든 시계도 딱 움직임을 멈춰버리는 것 같았다.

팍!

큐대가 무서운 빠르기로 내리꽂혔다. 그러자 놀랍게

or when the other players were having a lucky streak. Little Miss Ugly was preoccupied with her squid, drooling, as if she wanted to stuff herself with it before playing seriously.

As luck started to turn in favor of the quick-witted woman, who lived next door to Bulnowon, I lost the right to deal the cards. The billiard hall owner kept suggesting dishes in order to make more money. The young man leaned against the wall, trimming his nails.

The game grew more heated as the night wore on. The air was thick with tension, cut only by Hwatu cards flashing like blades. Mr. Long Chin was gradually losing the money he had won earlier. Maybe he was saving his energy for daybreak. The woman who lived beside Bulnowon had money heaped on her side and was beaming. "I dreamed of pigs last night so I knew this was coming. You're all dead, just look at this: I've made a nine. It's crazy!" She looked stark mad, and betrayed her anxiety now and then, saying, "Don't tell me one of you is a detective or a reporter!"

The woman who looked like a high-ranking bureaucrat's wife kept her stern expression, but a

도 하얀 공은 당구대 난간 위로 사뿐히 올라섰다. 그리고 급격히 회전하며 잠깐 난간 위에 멎어 있더니 스르르 굴러 내려가 두 개의 빨간 공을 흩뜨려놓았다. 입이 다물어지지 않을 노릇이었다.

"속임습니다."

잠시 후 청년이 웃으면서 말했다. 나로서는 왜 그게 속임수인지조차도 모를 노릇이었다.

"실례지만 얼마 치십니까?"

"보시고 판단하세요. 스리쿠션입니다. 자, 칩니다."

처음으로 빠르고 세차게 청년은 큐대로 하얀 공 하나를 튕겨 보냈다. 그러자 그 하얀 공은 쏜살같이 쿠션을 먼저 한 번 치고 나가서는 빨간 공 하나를 매끄럽게 스치더니 다시 쿠션을 두 번 탄력 있게 박찬 다음 다른 빨간 공의 어깨를 가볍게 짚고 나서 무서운 속도로 청년을 향해 굴러오기 시작했다. 청년은 그 공을 향해 민첩하고 정확한 동작으로 큐대를 일직선이 되게 비스듬히 갖다 댔다. 그러자 더욱 놀랍게도 그 공이 큐대를 타고 두르르 굴러왔다. 나는 완전히 귀신에 홀린 듯한 기분으로 멍청히 그 자리에 서 있을 수밖에는 없었다. 청년

shadow of despair sometimes flitted across her brow, as she made bold bets. Perhaps she was hoping to hit the jackpot.

A little past midnight, I got another turn to deal the cards. I raised my bets to start a fresh round. I finally decided to use my tricks. Of course, it was impossible to do so all the time, so I dealt honestly once for every two times that I cheated. If you had watched me dealing in slow motion, you would say I didn't have bones in my hand. I was confident of my tricks. I started to rake in money. There was no way of losing, since I won two games for every one I lost. I won big by giving the other players high numbers to raise the stakes, and I won by making a 9, 8, or 7 after giving them low numbers. If I continued to deal for half an hour, I could easily earn four times what I had put down when I started dealing, before someone else took over. Two more opportunities to deal and I'd be able to bring the game to an end, as my opponents would be left with their last coins.

Why is Hwatu so popular in winter? Because the nights are longer.

The room was filled with smoke and the floor was littered with cigarette butts, chicken bones,

은 공을 가볍게 위로 던졌다가 받으면서 내게 이렇게 말했다.

"별것도 못 됩니다. 내 위로 고수들이 얼마든지 많이 있으니까요."

건물 주인에게 임대료를 지불하고 여럿이서 지하실 계단을 내려오면서 나는 완전히 기가 팍 죽어 있었다.

그러나 화투는 별 볼일 없는 실력일 것임이 틀림없다. 아직 내 직감은 살아 있다. 그리고 내 솜씨도 녹슬지는 않았다. 녹슬기는커녕 스스로 놀라움을 금치 못할 정도로까지 무르익어 있다. 당구를 잘 친다고 해서 화투까지 잘 친다는 법칙은 없다. 인정사정없이 긁어버리는 것이다. 안면몰수, 끗발 유지, 개평 사절, 화투의 3대 원칙대로 새벽까지 줄기차게 밀어붙이는 것이다.

나는 스스로를 그렇게 격려해 주고 있었다.

"정말입니다. 노름꾼은 저 애지 제가 아닙니다."

오징어를 게걸스럽게 물어뜯고 있는 계집애를 가리키며 청년이 거듭거듭 그렇게 말했다. 정말 어이없는 노릇이었다.

"장난인 줄 아쇼?"

and empty soda bottles. Civility had long ago been set aside. Whenever they needed to pee, the women would pick up an empty bottle and position it beneath their skirts. The woman who lived beside Bulnowon, who sat opposite me, must have heard of a superstition because she raised her skirt above her thighs to cut short my winning streak. The faucet of the steam pipe drooled and hissed, as though gazing at her thigh from the corner of its eye.

Half an hour later, as I expected, I had won four times my initial bet when I had started dealing and I let somebody else take over. As the tension rose, everyone took turns dealing, from the little girl to the long-chinned guy, to the woman who looked like a high-ranking official's wife, and finally back to me.

I saw my chance.

I used every skill I had mastered, as I shuffled the cards. Whether I won or not all depended on my mind. It was as if the cards were one with my hand. The decks were changed frequently to prevent cheating by using marks on the back of the cards. But I didn't care—I could work with any pack of cards. Poor players would mark the cards to cheat,

턱이 긴 사내가 화난 듯한 목소리로 청년에게 말했다.

"장난이라뇨. 저 애에게 돈을 딸 수만 있다면 한번 따 보십시오. 저 앤 저래 봬도 화투엔 귀신입니다."

턱이 긴 사내는 화투를 뒤적거려 다섯 장을 맞추고는 계집애에게 펼쳐 보였다.

"꼬마야, 이게 몇 끗이냐."

계집애가 재빨리 대답했다.

"콩콩팔 짓구, 덜비!"

"그럼 이건 몇 끗이냐."

"알삼육에 일곱 끗!"

"그럼…… 이건."

"못 져요."

"그럼……."

사내는 국화꽃 두 장과 매화꽃 두 장, 그리고 목단꽃 한 장을 펼쳐 보였다. 계집애는 히죽 한 번 웃었다.

"누가 구구니로 지을 줄 알구. 구구니로 지으면 덜비 밖엔 안 돼. 니니육 짓고 구땡이지!"

"좋시다."

사내가 청년에게 말했다.

but I could shuffle and pass the cards any way I wanted to produce certain combinations of numbers.

I raked in piles of money without making a single mistake, before my luck ran out. I was about to pass the shuffled cards in my favor, when the little girl shrieked, "Stop it, stop cheating!"

Something brushed past my eyebrows and hit the floor. A knife.

Swish! Swish!

Two more knives flew, pinning me to the floor by the crotch of my pants.

"Watch out, you son of a bitch," the young man shouted.

Several more knives gleamed in his hand. I broke into a cold sweat and had no choice but to deal fairly. As dawn approached, the little girl began to win.

"Are you out of your mind, bitch? How can you play with those cards? Four, five, ten, it's short of one number!" The long-chinned man screamed at Mrs. Bureaucrat, and looked ready to explode.

"Motherfucker, how dare you yell at me? Who do you think you are?"

Except for the little girl of The Three Ugly Sib-

"좋시다. 우린 어차피 돈을 따러 온 사람들이니까. 누구한테 따든 상관없시다."

사내는 그 기다란 턱을 들썩거리며 혼자서 일방적으로 그 못난이 3형제 인형 중 가운데 애와의 도리짓고땡을 결정해 버리고 말았다. 처음부터 뭔가 잘못되어 간다 싶더니 별 희한한 노름판을 다 벌여보게 된 셈이었다.

"그럼, 시작해요."

우리는 노잡이를 정하기 위해 뒤집어서 흩뜨려놓은 화투 중에서 각각 한 장씩을 집어들었고, 첫 노잡이는 내게 뱀 고기를 좋아하느냐고 물었던 여자로 결정되어졌다.

이제부터 완전히 다른 세상이 전개되는 것이다. 나이도 무시되고 신분도 무시되고 근엄한 표정도 무시되고 긴 턱도 무시되고 무시될 수 있는 것은 모조리 무시되고 다만 무시되지 않는 것은 끗발과 돈뿐이다. 지하실 밖에 있는 도덕과 법률은 이제 개떡도 못 되는 것이다. 담배 한 갑에 무조건 2천 원, 커피 한 잔에 무조건 1천 5백 원, 통닭 한 마리에 무조건 2만 원으로 대폭 인상된다. 배짱 좋은 놈은 맨몸일지도 모르지만 품속에 나이

lings, everyone fell to shouting obscenities and using all kinds of devious tricks. However, no one could beat the little girl. Each time they lied about making impossible numbers or tried to trade cards with the person beside them, she scratched the backs of their hands sharply. They kept bleeding money even as they perspired profusely. The girl grinned and kept winning.

"It must be a three, I bet a million!"

She bet with such confidence and was never wrong. She kept winning whether she dealt or not. She would stare at three cards spread on the floor, her eyes turning gray and cloudy, then lighting up suddenly, before growing dim again. Then she would make her bet.

"It must be a one, I bet ten million!"

Finally, it dawned on us: she wasn't human. Our faces were stiff not because the room was cold. Our hands shook as we picked out cards. She was a phantom! That was what we thought. She kept grinning, glancing cheekily at our faces. The woman who had shown her thigh, Ms. Bulnowon, broke into tears and wailed.

I decided to pull out to salvage a tenth of my investment. It was obvious what would happen even

프 하나쯤은 모두 간직하고 있으리라.

인생은 도박이라는 말이 있다. 그러나 그건 멋있는 말이기는 하지만 진리는 아니다. 도박을 할 때만큼 뼛속까지 녹아들 정도로 진지하게 인생을 살아본 사람은 이 세상에 그 아무도 없을 것이기 때문이다. 드디어 패가 돌기 시작했고 사람들의 눈동자가 음흉하고 교활한 빛을 띠며 움직이기 시작했다.

초저녁부터 턱이 긴 사내가 돈줄을 팽팽하게 당겨대기 시작했고 그의 무릎 앞에는 상당한 액수의 돈이 쌓여 있었다. 그동안 노는 내게로 와 있었다. 그러나 아직 속임수를 쓸 때가 아니라고 나는 판단했으므로 정직하게 노잡이를 해주고 있었다. 잃은 건 나와 고급 관리의 본부인같이 생긴 여자였고 나머지는 그저 본전치기 정도였다.

고급 관리의 본부인 같은 여자는 간만 컸지 눈치가 좀 모자라는 편이었다. 그러나 또다른 한 여자는 눈치가 아주 재빨라서 패가 좋지 않거나 끗발이 남에게 계속적으로 고개를 들기 시작할 때는 슬그머니 손을 빼곤

if I persisted. "Damn it, I've lost everything," I said, rubbing my hands together.

Mrs. Bureaucrat rushed at Mr. Long Chin.

"Damn you!" She screamed at the top of her lungs, pulling his hair. Everyone seemed to have gone mad. "I lost everything because of you, bastard! I lost ten million won! Give me back my ten million! You have no idea what it took to get that money, bastard!"

He kicked her violently on the belly, but she didn't let go, clutching at his hair with all her might.

"My husband is sweating blood in the Middle East to send money. Damn you, you bastard! I gave you my body and money and everything! You told me we could share fifty-fifty this time, after winning everything. Let me see your hand! How much have you got now?"

"Have you gone mad, bitch?" He kicked her again on the belly, and this time she fell down and fainted, eyes rolling back in her head.

It would be light before long. The other woman, who had burst into tears, clutched her chest and pulled at her hair, thrashing like a wild animal.

"Let's play to the finish!" Mr. Long Chin returned to his place, smiling cruelly.

했다. 그리고 못난이 3형제 중의 한 애는 오징어로 완전히 배를 채우고 나서 화투를 하겠다는 셈인지 침까지 흘려대면서 오징어를 물어뜯는 데만 열중해 있었다.

끗발이 불로원 집 옆에 산다는 여자에게로 넘어가기 시작하면서 노도 내 손을 벗어났다.

당구장 주인은 장사에 열중해서 이것 좀 드시면서 하십시오, 저것 좀 드시면서 하십시오를 간헐적으로 연발했고 청년은 벽에 가만히 기대앉아 말없이 나이프로 손톱을 다듬는 데 열중해 있었다.

밤중이 되면서부터 판은 점차로 열기를 더해 갔다. 실내에는 팽팽한 긴장감이 감돌고 있었고 보이지 않는 화투의 칼날들이 여기저기서 번뜩이고 있었다. 턱이 긴 사내는 따놓았던 돈을 조금씩 잃어가고 있었다. 새벽이 되기를 기다리면서 스테미너를 조절하고 있는 것일 터였다.

불로원 집 옆에 산다는 여자는 제법 수북하게 돈을 쌓아놓고 있었고 연방 좋아서 입을 벙싯거리고 있었다.

"난 정말로 어젯밤에 돼지꿈을 꿨었어요. 내 이럴 줄

"Game over," the young man said coldly. He swept the pile of money into his bag.

"You've got some nerve, greenhorn. This is my turf!" Mr. Long Chin got up and the billiard hall owner joined him, grabbing a steel pipe.

"Fine." The young man smiled, a smile as cold as a snake's.

Whoosh.

The pipe swung down, but he was swift as a bird. He sidestepped the two men and ran up the stairs, carrying the bag and the little girl. But the door was locked. When he saw this, he drew his knives.

Whoosh, whoosh.

They flew like sharp blades of light and buried themselves in the men's legs and arms.

"Knock it off," the young man told the billiard hall owner. "The girl is not interested in money. She makes the round of gambling dens to see how wretchedly grownups behave when they lose money. She and I will show you no mercy."

The little girl stood next to him, still chewing her squid. "Come on, bastards," she yelled. "Come on!"

알았다니까요. 어마 또 죽어요. 죽어. 보세요, 갑오잖아요. 밋치겠네."

그녀는 완전히 이성을 잃은 듯한 모습이었다.

"우리 중에 기자나 형사 끄나풀은 없겠지요?"

가끔 그런 소리로 불안의 뜻을 나타내 보이기도 했다.

고급 관리의 본부인처럼 생긴 여자는 여전히 근엄한 표정으로 그러나 이따금 절망적인 그늘이 이마에 드리워지기도 하면서 배짱 좋게 듬뿍듬뿍 돈을 걸고 있었다. 따도 왕창 따고 잃어도 왕창 잃겠다는 속셈 같았다.

자정이 조금 지나서 다시 노가 내 손에 잡혔다. 나는 놋돈을 듬뿍 얹었다. 그리고 마침내 속임수를 쓰기 시작했다. 물론 매번 속임수로만 패를 돌릴 수는 없는 노릇이어서 두 번의 속임수에 한 번의 정직한 화투로 패를 돌리기 시작한 것이다.

만약 슬로비디오로 내 손의 움직임을 보게 된다면 아마도 사람들은 이렇게 생각할 것이다. 뼈가 없구나!

그만큼 나는 손에 대해서 자신이 있었다. 나는 조금씩 돈을 긁어오기 시작했다. 한 번 잃어주고 두 번 긁어오는 장사인 것이다. 손해 볼 턱이 없는 것이다.

It was snowing. The world looked different blan-
keted in snow. I was waiting for the train when the
madwoman came up to me, babbling incoherently,
as though she were talking to herself in her sleep.

"Sir, you know the house next to Bulnowon? I
will pay you back...Please, you can have my
body...Just help me get on this train, please..."

"Madam, I have no idea what you're talking
about."

"Please, you can have my body...It's right next to
Bulnowon..."

I felt a surge of a gambler's bravado. I wanted to
be cold-hearted. "I don't even have enough for my
own fare," I said. Then I pushed her away and
walked slowly toward the ticket gate as it opened.

1) People usually play Hwatu atop a blanket.

Translated by Sohn Suk-joo

높은 끗수를 주고 트게 만들어 먹고 낮은 끗수를 주고 갑바, 덜비, 질곱으로 잡아오면 된다. 계속해서 반 시간 정도만 노를 잡고 있으면 지금 놓아둔 놋돈의 네 배는 쉽게 채워질 것이고 노는 다음 사람에게로 넘어가게 된다. 그러고도 한두 번 정도의 노잡이 기회는 올 것이다. 그때는 끝장이다. 완전히 바닥을 긁어버리는 것이다.

화투가 겨울에 성행하는 이유는 무엇인가. 겨울은 밤이 길기 때문이다.

이제 실내는 담배 연기로 가득 차 있었고 여기저기 버려져 있는 꽁초, 닭 뼈들, 음료수 병들도 어지럽기 짝이 없었다. 교양 따위는 이미 없어진 지 오래였다. 소변이 마려우면 여자들은 옆에 있는 음료수 병을 집어다가 치마 밑으로 가져가곤 했다.

어디서 들었는지 내 앞에 앉아 있는 불로원 집 옆집 여자는 내 끗발을 죽이기 위해 아슬아슬하게 허벅지를 걷어붙이기 시작했다.

스팀 파이프 꼭지가 그녀의 허벅지를 곁눈질하며 치익 칙 소리와 함께 침을 흘리고 있었다.

30분이 조금 지나서 나는 예상대로 놋돈의 네 배를

채우고 다른 사람 손에 노를 옮겨놓았다. 다시 팽팽한 긴장감 속에서 엎치락뒤치락이 계속되었다. 계집애의 손을 떠나서 턱이 긴 사내의 손으로, 턱이 긴 사내의 손을 떠나서 고급 관리의 본부인 같은 여자의 손으로, 고급 관리의 본부인 같은 여자의 손을 떠나서 노는 다시금 내게로 왔다.

기회다!

나는 이제 지금까지 수련해 온 모든 기술을 총동원해서 화투를 버무리기 시작했다. 떡이 되든 고물이 되든 그건 내 마음 하나에 달려 있었다. 이미 화투는 내 손과 합일되어 있는 상태였다. 물론 자기만이 아는 표시를 화투 뒷면에다 해둘 것을 염려하여 화툿목을 자주 갈아치우기는 했었지만 이미 내겐 그 아무 화투로건 자신이 있었다. 화투 뒷면에 표시를 해두는 따위의 속임수는 하수들이나 쓰는 수였고, 나는 주로 섞어 치면서 내 뜻대로 화투를 주무르고 상대편 패에 화투를 빼던지면서 적당히 끗수를 조합하고 있었다.

나는 몇 번 실수 없이 돈 무더기를 긁어왔다. 그러나 그것이 오래가지는 않았다. 내가 마악 속임수가 들어 있는 화투패를 돌리려고 했을 때 계집애가 날카롭게 소리쳤던 것이다.

"이젠 야마시 고만 쳐요."

그 갈라지는 목소리와 함께 무엇인가 내 눈썹 언저리를 반짝하고 스치며 내리꽂히는 물체, 나이프였다.

팍! 팍!

나이프는 이어 두 개가 더 날아와 정확하게 내 바짓가랑이를 양쪽 다 방바닥에 묶어놓았다.

청년이었다.

"조심해. 개자식!"

그의 손에는 아직도 몇 개의 나이프가 번뜩번뜩 빛나고 있었다. 나는 식은땀을 흘리며 다시 정직하게 화투패를 돌리지 않을 수 없었다. 이제 새벽이 가까와져 오고 있었다.

비로소 계집애가 활기를 띠고 있었다.

"좀 덤벙대지 말고 해, 이 예펜네야. 이걸로 어떻게 쳐? 새, 오, 장, 한 끗 모자라잖아!"

턱이 긴 사내가 폭발해 버릴 것 같은 얼굴로 고급 관리의 본부인같이 생긴 여자에게 소리질렀다.

"저 씨팔놈이 어따 대구 욕질이야, 욕질이!"

이제 못난이 3형제 중의 한 애를 닮은 것 같은 계집애를 제외하고는 모두 그런 식이 되어 있었다. 엄청난 욕지거리들이 튀어나왔고 별의별 비굴한 방법들이 행해졌다. 그러나 그 어떤 비굴한 방법도 계집애에게만은 통하지 않았다. 지을 수 없는 걸 지었다고 속이거나 재빨리 화투장을 옆 사람과 바꿀 때마다 계집애는 영악스럽게 상대편의 손등을 할퀴어버렸고, 급기야는 모두들 식은땀만 빠직빠직 흘리면서 속수무책으로 돈을 잃어가고 있었다. 계집애는 히죽히죽 웃으면서 돈을 따고 있었다.

"쌈에 갔어. 백!"

자신만만하게 계집애는 돈을 찔러 넣었고 언제나 그것은 적중했다. 노를 잡건 안 잡건 계집애는 따기만 했다. 계집애는 잠시 방바닥에 깔린 석 장의 화투를 물끄러미 내려다보곤 했었는데 이상하게도 그 눈은 회색으로 흐리멍덩해져 갔고, 그러다가 찰나적으로 한 번 반짝 빛나고는 다시 흐려졌었다. 그리고 그 다음 돈을 찌르는 것이다.

"삥에 갔어. 천!"

마침내 사람들은 귀기를 느끼기 시작하고 있는 것 같았다. 얼굴이 뻣뻣하게 굳어져 있는 건 실내가 추워서가 아니었다. 화투를 집으러 가는 손들이 부들부들 떨리고 있었다. 저건 귀신이다!

모두들 그렇게 생각하고 있는 것 같았다. 계집애는 히죽히죽 웃으면서 어른들의 표정을 재미있다는 듯 살펴보고 있었다. 내 앞에 치마를 걷어붙이고 화투를 하던 불로원 집 옆집 여자가 이상하게 표정이 일그러지더니 갑자기 떠나갈 듯한 통곡을 터뜨렸다.

나는 여기서 미리 손을 빼기로 작정해 버렸다. 그래도 본전에서 10분의 1은 건진 셈이었다. 더 견뎌봐야 결과는 뻔할 뻔 자였다.

"다 빨렸시다, 망할."

나는 손바닥을 탁탁 털면서 자리에서 일어섰다. 그때였다.

"이 웬수 같은 놈!"

고급 관리의 본부인같이 생긴 여자가 갑자기 턱이 긴 사내에게로 달려들었다. 그리고 사내의 머리카락을 두 손으로 움켜잡고는 고래고래 악을 쓰기 시작했다. 모두들 제정신이 아닌 것 같았다.

"네놈 때문에, 내 돈 다 잃었다. 이놈아. 천만 원! 천만 원 내놔! 이놈아, 그 돈이 어떤 돈인 줄 알고, 그 돈이!"

머리카락을 움켜잡힌 사내는 사정없이 여자의 배를 발길로 걷어차고 있었으나 여자는 찰거머리같이 달라붙어 떨어지지 않고 있었다.

"내 남편이 불같이 뜨거운 중동 땅에서 피땀 흘려 모아 보낸 돈이다. 이놈아! 이 웬수 같은 놈아! 네놈한테 몸 바치고 돈 바치고 다 바쳤어, 이번엔 모조리 긁어서 반타작 하자더니 이놈 손 좀 벌려봐라, 얼마나 땄니!"

"미쳤나, 이년이!"

사내는 다시 있는 힘을 다해서 여자의 가슴팍을 걷어찼다. 퍽 하는 소리와 함께 여자는 눈을 까뒤집고 기절해 버렸다.

날이 훤하게 밝아올 시간이었다. 먼저 울음을 터뜨리고 나자빠졌던 여자는 가슴팍과 머리카락을 쥐어뜯으며 짐승 같은 모습으로 몸부림치고 있었다.

"마저 합시다."

사내가 비굴한 웃음을 보이며 계집애 앞으로 어기적거리며 걸어가 앉았다.

"판은 다 끝났어!"

청년이 싸늘한 어투로 말했다. 청년은 어느새 바닥에 깔려 있던 돈 무더기들을 모조리 가방 속에 쓸어 넣고 있었다.

"새파랗게 젊은 놈이 겁도 없구나. 이 도시는 내 터야."

사내는 천천히 일어섰다. 당구장 주인이 쇠파이프를 꺼내 들고 어느새 사내에게 합세했다.

"좋지."

청년은 빙긋 웃었다. 그러나 그 웃음은 뱀처럼 싸늘했다.

휙, 파이프가 날았다.

그러나 청년의 몸은 새처럼 가벼워 보였다. 두 명의 공격을 재빠르게 피하면서 돈 가방과 계집애를 끼고 지하실 계단을 오르고 있었다. 그러나 지하실 문은 채워져 있었다. 그것을 확인했는지 비로소 청년은 나이프를 재빨리 꺼내 들었다.

획. 획.

그것들은 날카로운 빛살이 되어 그들의 팔과 다리에 날아가 꽂혔다. 청년이 당구장 주인에게 소리쳤다.

"어이, 이젠 그만하자구. 앤 돈에 욕심이 나서 노름판엘 돌아다니는 게 아니라 어른들이 돈을 잃고 비굴해지는 꼴을 보고 싶어서 노름판엘 돌아다니는 애야. 애하고 난 둘 다 피도 눈물도 없다구."

청년 곁에서 계집애는 여전히 오징어 다리를 우물거리며 함께 소리치고 있었다.

"덤벼 덤벼. 야 새꺄, 덤벼보란 말야!"

눈이 내리고 있었다. 세상은 눈에 덮여 완전히 다른 풍경으로 변해 있었다. 나는 역에서 기차를 기다리고 있었다.

실성한 듯한 모습으로 한 여자가 내 곁으로 다가와 잠결의 목소리처럼 횡설수설 이야기를 시작했다.

"사장님, 불로원 집 옆집 아시지요. 갚아드리겠어요. 제 몸을 바칠게요. 차 좀……."

"부인, 저는 불로원 집이 어느 도시에 있는지조차도 모릅니다. 아깐 거짓말을 했던 거예요."

"제 몸을 바칠게요. 사장님, 불로원 집 옆집……."

나는 갑자기 노름꾼 특유의 피가 전신에 엄습해 옴을 의식했다. 나는 비정해지고 싶었다.

"내 차비도 없시다."

나는 여자를 떨쳐버리고 방금 개찰이 시작된 개찰구를 향해 천천히 걸음을 옮겨놓았다.

『겨울나기』, 해냄, 2006

해설

Afterword

지옥을 보여드립니다

이소연 (문학평론가)

소설은 바닷가 외딴 마을에 위치한 은밀한 장소 안에서 시작된다. 문을 닫은 당구장 안에 세상의 이목을 피해서 몰려든 네 명의 남녀가 모여 있다. 창 너머로 보이는 한겨울의 풍경은 불길한 조짐을 머금은 채 잔뜩 움츠러져 있다. 이들은 서로의 기세를 가늠하면서 자신들이 벌일 판에 끼어들 또 한 명의 노름꾼을 기다린다. 그러나 이들의 눈앞에 나타난 사람은 뜻밖에도 둘이다. 젊은 남자 하나와 초등학생 또래의 여자 아이 하나. 더 놀라운 것은 이들을 상대할 사람이 어른이 아니라 소녀 쪽이라는 사실이다. 소녀는 신출귀몰한 솜씨를 발휘해 판을 제압하고 이들을 하룻밤 만에 빈털터리에 가깝게

Here Is Hell

Yi Soh-yon (literary critic)

The story begins in a secret location in a remote city by the sea. Unknown to its residents, a group of four gamblers, two men and two women, are gathered in a boarded-up billiard hall. The stark winter landscape, as observed through the window, bodes ill. The strangers size each other up as they wait for the last gambler, who finally arrives— but not as expected. A young man shows up accompanied by a little girl who looks to be a grade schooler. As if this were not odd enough, it turns out that it is the girl against whom they will be playing, not the young man. As the gambling begins, she eventually wins game after game with un-

만들어 버린다.

이외수「고수」는 초인적인 인물의 등장과 이로 인해 속물들이 몰락하는 과정을 최대한 극적인 기법을 사용해 능숙한 솜씨로 그려낸 수작이다. 앞서 기술한 기이한 사건은 노름에 참가한 한 남자의 시선과 목소리를 통해 진술된다. 스스로 노름에 관한 한 풍부한 경험과 남다른 손재주를 갖고 있노라 자신하던 화자에게 갑자기 나타난 젊은 남자와 소녀의 존재는 재난에 가깝다. 그런 그의 눈앞에 펼쳐지는 것은 순식간에 짐승보다 못한 상태로 떨어져 버리는 인간 군상의 추악하고도 나약한 모습이다.

소설의 초입에서 작가는 속임수와 눈치로 노름에서 이기는 자신과 같은 유형과 암수를 쓰지 않고도 초자연적인 힘으로 판에서 이기는 또 다른 유의 사람을 각각 '야마시꾼'과 '참꾼'이라는 이름으로 구별한다. 그리고 독자는 이 이야기 속에서 참꾼의 출현과 그가 발휘할 놀라운 능력을 목도할 수 있다는 기대감을 갖게 된다. 결국 작중인물을 포함해 독자들이 초장부터 줄곧 기다려온 신비로운 인물이 기대와는 전혀 다른, 낯선 아이의 모습으로 출현할 때 이 소설의 긴장감은 최고조에 달한

canny skill, leaving them all almost penniless by dawn.

"Grand Master" is a masterpiece that skillfully portrays how a child with supernatural powers knocks a bunch of smug grown-ups down from their pedestals. The bizarre tale is told from the point of view and in the voice of one of the male gamblers, who considers himself a seasoned gambler and a master of sleight of hand. For him, the appearance of the young man and little girl signals his comeuppance. What's more, he witnesses the unmasking of his fellow gamblers as crude and weak creatures, who can be driven to behave no better than the lower animals.

As he begins his tale, the narrator makes a distinction between a trickster, like himself, who triumphs by deceit, and a "true hand," who succeeds with the help of special powers, or "psychokinesis." This opening leads the readers to anticipate the appearance of such a true hand, who will demonstrate a gambling prowess. The tension reaches a climax when this mythical person, whom the characters and readers have been expecting since the beginning of the story, turns out to be a strange little girl with a taste for dried squid. The realism of

다. 돈에 울고 웃는, 비정하기 짝이 없는 도박판이라는 지극히 '현실적인' 설정은 아이의 형상을 한 초능력자의 등장이라는 매우 '비현실적인' 사건과 한데 어우러져 둘 사이의 경계를 무화시키는 효과를 발생시킨다. 이 과정에서 독자들은 일종의 최면 상태에 빠지듯 더욱 긴박한 사건 한가운데에 몰입하게 된다. 그들은 기대, 놀라움, 공포와 까닭 모를 쾌감으로 이리저리 휘둘린다.

이 소설은 물질에 대한 탐욕과 승부에 대한 욕망이 뒤섞여 만들어낸 터질 듯한 긴박감, 거친 숨소리와 노름판의 열기가 훅 끼치는 듯한 사건의 복판으로 우리를 데려간다. 그런 면에서 실상 고수 중의 고수는 작가 이외수 자신이라고 할 수 있다. 우화적인 설정과 초현실적인 기법을 적절히 배치하는 균형 감각, 사건의 낙차와 완급을 장악하는 힘과 사건에 맞추어 날렵하게 치고 빠지는 문체 등은 실로 일품이 아닐 수 없다. 독자는 거의 인간의 이성과 감성이 극한의 상태로 치닫는 순간 환상과 현실이 혼몽하게 뒤섞이는 초자연적인 체험을 하게 된다. 이외수의 소설은 그 찰나의 짜릿하고 끔찍한 감각을 포착해 낸다. 그는 돈과 노름 앞에서 동물이 되어버리는 사람들의 모습을 가감 없이 보여줌으로써

the gambling den, where money is worshipped, is juxtaposed with the surrealism of the girl's supernatural abilities, blurring the boundary between the two worlds. In the process, we are drawn into the vortex of the unfolding drama, almost as if hypnotized. We are moved and swayed by expectation, shock, horror—and a secret pleasure.

The story takes us into a gambling den, with its hardboiled atmosphere, bated breaths, and heatedness: the effects of the intermingling of material greed and hunger for winning. In this sense, the best "master" of the game is the writer himself, Lee Oisoo, since he is a master of allegorical setting, the well-balanced use of supernatural techniques, the control of tempo and tone, and a scintillating style of writing that heightens the tension, before quickly dispelling it as events unfold. As reason and emotion are pushed to their limits, readers experience an almost otherworldly sensation, blending reality and fantasy.

Lee's story captures the transience of both exhilaration and horror. While portraying people reduced to animals before money and gambling, he also hints at the possibility of them harboring secret death wishes. "Grand Master" is not a long sto-

이들로부터 거의 죽음 충동에 육박하는 동력을 끌어낸다. 비록 길지 않은 분량의 작품이지만 작가 이외수는 이 소설을 통해 놀라운 대중성에 비해 상대적으로 저평가되어 왔던 그의 문학적 역량을 여실하게 증명하고 있다.

이외수가 누구인가. 출판계에서 그는 손대는 작품마다, 장르와 분야를 불문하고 베스트셀러 반열에 올려놓곤 하는 '괴물'과 같은 작가로 알려져 있다. 대중의 마음을 사로잡는 그의 기이한 능력은 삼십 년이란 시간도 뛰어넘고 중년과 젊은 세대를 가르는 감수성의 간극도 초월하고 있는 형편이다. 새로운 세대들의 주요 소통 수단으로 여겨지는 SNS에서 그의 존재감은 이미 하나의 상징이 되었다. 그는 대체 무엇으로 독자의 마음을 이토록 쥐락펴락하는가. 이 소설은 이외수라는 문제적 인물이 갖고 있는 매력과 능력을 십분 보여주는 작품이다.

숨 고를 새 없는 승부 앞에서 급격히 몰락하는 인간들의 모습만큼 스펙터클한 광경도 많지 않으리라. 귀부인인 척 행세하다 돈을 잃고 자신의 비천한 정체를 폭로하고 마는 여성, 수단 방법을 가리지 않고 화투판에서 이기려고 하는 사람들, 집으로 돌아갈 차비 값이라도 달라고 애원하는 한 여성의 부탁을 매몰차게 거절하

ry, but it demonstrates Lee's literary skills, which have been underestimated, outshone by his huge popularity.

Lee has come to be a blockbuster writer, whose works become bestsellers regardless of their genre. His extraordinary ability to capture the public's imagination spans more than 30 years and has managed to bridge the gap between middle-aged readers and a younger generation. He is revered as an icon in the world of social media, a key means of communication among the new generation. This story is an excellent example of his unparalleled grasp of readers' sensibilities. It helps us to understand his attraction and ability as a "problematic" cultural phenomenon.

There are many human spectacles in this story about the abject failure of human beings in tension-filled gambling games. A woman who acts like a high-ranking official's wife loses money and reveals her humble stature. The gamblers will stop at nothing to win. The narrator turns his back on a female fellow gambler who desperately asks for his help in getting home. The author even succeeds in arousing our latent animal instincts. We feel a mixed sense of shame and pleasure, akin to gazing

고 돌아서는 화자의 모습 등을 통해 작가는 우리 모두 안에 잠재되어 있는 동물성, 혹은 광물적인 감각을 일깨우고 있다. 소설의 마지막 장면에서 "나는 비정해지고 싶었다"는 몸서리치는 독백을 내뱉는 화자의 모습에서 우리는 자신의 벌거벗은 모습을 볼 때와 유사한 부끄러움과 야릇한 쾌감을 동시에 느끼지 않는가.

on our own naked bodies, when the narrator tells himself, "I wanted to be cold-hearted" in the story's closing scene.

비평의 목소리

Critical Acclaim

작가 이외수는『벽오금학도』『괴물』『장외인간』등 대부분의 작품에서 때로는 환상적인 사건을 통해, 때로는 작가적 논평을 통해 세상이 얼마나 잘못된 방향으로 치닫고 있는가를 일관되게 환기시킨다. 낭만도 예술도 힘을 잃고 양심도 전통도 죽었으며 마음도 영혼도 메말라 버린 세상에서, 거짓과 폭력, 몰염치와 도덕적 타락만이 난무하고 있다는 것이다. 그가 이 병든 세상을 변화시킬 수 있는 방법으로 제안하고 있는 것이 낭만적 감성과 초월적 상상력, 순수성의 회복이라는 반근대적인 해법이다. (……) 결론적으로 이외수 소설의 주체는 상처받은 인간의 영혼을 위무하고 황폐해진 감성을 깨우

By portraying magical events or commenting on the human experience, most of Lee Oisoo's works, such as *A Painting of Golden Crane on Paulownia Tree*, *Monster*, and *A Human on the Margin*, have drawn attention to the fact that the world has veered off in the wrong direction. In a world where love and beauty have lost their power, he seems to say, conscience and norms are dead and mind and spirit forgotten—so deceit, violence, shamelessness, and depravity prevail. In order to heal this sick world, he counsels breaking away from modernity and recovering romantic emotion, surreal imagination, and innocence. [...] As a result, the

며 퇴화된 정신능력을 회복하길 바라는 구원의 문학이
다. 인간이 초래한 불행을 인간 스스로 행복으로 돌려
놓는 일이야말로 작가가 지향하는 소설 세계다. 작가는
특히 과학만능주의와 개발논리에 젖어 자연을 파괴하
고, 자연과의 소통을 포기한 현대인의 삶에 심각한 위
기감을 보인다. 자연과 교감하는 삶을 지향하는 작가의
세계관은 묘사적 문체에서 빛을 발한다.

구수경, 「환상성, 현실의 탐색을 위한 우회의 서사 : 이외수의 『벽오
금학도』와 황석영의 『손님』을 대상으로(The Fantastic, A Roundabout
Narrative to Pursue the Realistic Life)」, 《구보학보》, Vol.4, 구보학회, 2008)

독자들은 단순히 현실에 대한 비판의 차원을 넘어서
환상적이고 신비로운 세계를 경험함으로 타락한 현실
을 벗어날 수 있기를 강력하게 요구한다. (……) 아마도
이외수 소설의 대중성은 이러한 독자의 코드를 잘 맞춘
데서 이루어진 결과가 아닐까 싶다. 그가 보여주는 비
현실적 정신주의는 표면적으로는 환상적 세계의 모습
을 보여주는 것 같지만, 그것을 환상이 아닌 현실로 읽
어내고 싶은 독자들의 욕망이 콘텍스트가 되어 텍스트
의 의미를 새롭게 창조한다. 결국 이외수는 소설의 원

subject of Lee's fiction is no less than the power of literature to act as a salvation and balm for the broken human soul, ravished emotions, and degraded spirit. In his fictional world, Lee explores the possibility of undoing the unhappiness that human beings have brought upon themselves. In particular, he shows the crisis in the lives of people in the modern world who have abandoned or destroyed nature in the blind pursuit of science and progress. His bias toward restoring a harmony with nature shines through in his descriptive style of writing.

Ku Su-gyeong, "The Fantastic, A Roundabout Narrative to Pursue the Realistic Life," *The Gubo Journal*, Vol. 4, 2008.

Beyond a mere critique of reality, many readers strongly desire to be freed from corrupted reality through the experience of a magical and mysterious world. Lee Oisoo's popularity likely comes from his ability to satisfy this need. On the surface, the surreal spiritualism he conjures up seems to portray merely a fantasy world; but the meaning of the text is transformed as the reader's desire to see it as reality instead of fantasy recontextualizes it. In a sense, although he is the original writer, Lee's works gain new meaning from his readers—in oth-

작자이지만, 그의 소설은 독자들에 의해 새롭게 의미화되는, 즉 대중이라는 또 다른 작가에 의해 다시 씌어지고 있다고 볼 수 있는 것이다. (……) 이외수 소설의 동화 혹은 우화적 세계는 자본주의적 삶 속에서 송두리째 잃어버렸던 독자들의 꿈을 되찾는 감성적 세계를 열어준다는 점에서 독자들의 대중성에 한 발짝 더 다가서 있는 것이다.

하상일, 「문학성과 대중성 사이, 그 소통의 딜레마 : 이외수의 소설 세계」, 《문학사상》. 제38권 제11호 통권 445호, 2009. 11.

사실 그의 작품은 평단의 일관된 무시 속에서도 상당히 많은 독자들을 확보해 왔다. 물론 문단의 지원 없이 독자와의 소통에 성공한 작가가 그 이전과 이후에 전혀 없었던 것은 아니지만, 그 성공을 30년 넘게 유지해 온 이는 이외수가 거의 유일하다고 해도 과언이 아니다. 그리고 그는 마침내 한국인이 제일 좋아하는 소설가로 뽑히는 영광까지 누린다. (……) 이외수 소설은 유머적(만화적) 측면만이 아니라 초월적 측면, 그리고 감성적 측면 또한 강조되어 있는데, 이 세 가지는 사실상 서브컬처문학을 뒷받침하는 세 기둥이라 할 수 있다.

er words, the public rewrites his works. The fairy tale-like or allegorical world of Lee's fiction opens up the way for a universe of human emotions that can help readers to recover the dreams they have given up in exchange for capitalism's enticements. This is why Lee is one of the most popular writers in Korea.

Ha Sang-il, "Between Literary Merit and Popularity, Communication Dilemma: Lee Oisoo's Fictional World," *The Munhaksasang*, 38.11, November, 2009.

Widely ignored by the community of literary critics, Lee Oisoo has a broad readership. There have always been writers who succeeded in communicating with readers without the support of the literary establishment. However, Lee is the only one who has maintained his success for more than 30 years. He has been chosen by readers as their favorite Korean author. Not only cartoonishly humorous and surreal, his fiction also emphasizes emotions, and these three are the pillars of the subculture.

Cho Young-il, "Korean Literature's Diet: A Thought on the 'Popularity' of Lee Oisoo's Fiction," *The Munhaksasang*, 38.11, November, 2009.

조영일, 「한국문학의 다이어트 : 이외수 소설의 '대중성'에 대한 단상」, 《문학사상》. 제38권 제11호 통권 445호, 2009.11.

책을 출간할 때마다 베스트셀러가 되는 작가, 30년 넘는 시간 동안 항상 젊은 독자들을 유지하고 있는 작가, 홈페이지에 하루 평균 100여 건 이상 독자의 글이 올라오는 작가, 그가 이외수다.

이주연, 「테마만남-"여자도 여자를 모른다" 출간한 소설가 이외수」, 《출판저널 (대한출판문화협회)》 379권 0호, 2007.

이외수의 소설은 작가 자신만큼이나 독특하고 개성이 넘친다. 현실과 환상이 자연스럽게 어우러져 그 경계가 모호해지는 지점에서 독자는 이외수 소설의 진수를 맛보게 된다. 초자연적 현상에 대해 불신을 갖고 있는 독자라면 그의 소설을 한낱 환상 소설로 치부해 버릴지도 모른다. 그러나 작가 이외수 자신이 경험한 것을 바탕으로 썼다는 말을 믿을 수 있는 사람에게 그의 소설은 현실의 지평을 넓혀주는 역할을 하게 된다.

노최영숙, 「책읽는 즐거움 『황금비늘』과 『괴물』」, 《새가정》 통권 50권 543호, 2003. 3.

Each book he publishes becomes a bestseller. He has remained popular with young readers for more than three decades. His fans post more than a hundred messages on his homepage each day. That is the world of Lee Oisoo.

Lee Ju-yeon, "Theme Meeting, Lee Oisoo who wrote the new book *Women don't know about women*," *The Publication Journal*, 379.0, 2007.

Lee Oisoo's works are as peculiar and characteristic as the writer himself. Their distinctiveness emanates from the blurring of boundaries between reality and fantasy. If readers distrust supernatural phenomena, they may dismiss his works as "fantasy" fiction. But if they trust this writer to tell the story based on his experience, they will expand their horizon of reality.

Roh Choe Young-sook, "Pleasure of Reading: *Golden Scale and Monster*," *The New Home*, 50.543, March, 2003.

이외수

1946년 경남 함양군 수동면 상백리에서 태어났다. 강원도 인제군에서 인제중학교, 인제고등학교를 졸업하고 춘천교육대학에 입학한 후 중퇴했다. 1972년《강원일보》신춘문예에「견습 어린이들」이 당선되어 문단에 등장하였고, 1975년「훈장」이《세대》신인문학상을 받으면서 본격적인 작가의 길에 들어섰다. 초등학교 소사와 학원 강사 등 각종 직업을 전전하던 가운데 장편『꿈꾸는 식물』『개미귀신』, 단편「고수」등을 발표하면서부터 본격적으로 창작에만 전념하기 시작하였다. 이후『장수하늘소』『벽오금학도』『장외인간』등 수많은 소설들을 발표했다. 이들 작품은 비록 평단에서는 호응을 얻지 못했지만 대중들로부터 큰 인기를 얻어 이른바 베스트셀러 작가로서 위치를 확고히 했다. 작품 초기부터 섬세한 감수성과 환상적 수법이 돋보이는 유미주의적 상상력, 신비 체험과 초현실세계를 즐겨 다루는 성향을 꾸준히 보여주고 있다. 소설 외에도『말더듬이의 겨울 수첩』『하악하악』등을 비롯한 산문집,『풀꽃 술잔 나비』

Lee Oisoo

Lee Oisoo was born in Sangbaek-ri, Sudong-myeon, Hamyang-gun, Gyeongsangnam-do in 1946. He graduated from Inje Middle School and Inje High School in Inje, Gangwon-do, and later entered Chuncheon College of Education, only to drop out of it. He made his literary debut by winning a prize for "Child Apprentices" in a literary contest held by the *Gangwon Ilbo* in 1972. He gained more recognition in 1975 with a new writer's prize from *Generation* for "Village Schoolmaster." While doing odd jobs, such as school handyman and teacher in a private institution, he published his first novel, *Dreaming Plant; Ghost Ant*, as well as "Grand Master." Since then, he has been a full-time writer, publishing numerous works, including *Long-horned Beetle*, *A Painting of Golden Crane on Paulownia Tree*, and *A Human on the Margin*. Although these works have failed to garner critical acclaim, they have become huge hits, making him one of the most popular and bestselling writers in Korea.

Since his early days as a writer, he has become

등의 시집을 출간했으며, 『사부님 싸부님』 『외뿔』 등의 우화집, 『글쓰기의 공중부양』 같은 글쓰기 지침서, 『숨결』 등의 선화집 등 다방면에 걸친 분야에서 다양한 작품집들을 창작하였다. 회화에서도 왕성한 창작열을 보여 수차례의 개인전을 가진 바 있다. 강원도 화천군과 함께 상서면 다목리에 감성마을을 설립하였으며 그곳에서 집필과 함께 다양한 문화 활동을 벌이고 있다. 2012년 화천군에 이외수 문학관이 개관되었다. 현재 트위터 등의 SNS를 통해 대중과 활발하게 교류하는 등 사회 참여에도 큰 관심을 기울이고 있다.

known for his aesthetic imagination, using mysterious experience and the surreal in a technique that mixes magic with delicacy and sensitivity. Along with fictional works, he has published many works in diverse fields: essay collections, such as *The Winter Notebook of a Stammer* and *Haak, Haak*; a book of poetry, *Grass, Wine Cup, and Butterfly*; allegorical stories, such as *Master, Master* and *Single Horn*; the writers' handbook *Writing's Levitation*; and a book on painting, *Breath*. His interest in painting led to several exhibitions. Since establishing the Village of Emotion in Damok-ri, Sangseo-myeon, in cooperation with the government of Hwacheon-gun, Gangwon-do, he has mounted various cultural activities there. In 2012, the Lee Oisoo Literary Museum also opened in the village. He pays keen attention to society and communicates with the general public through social networking services, including Twitter.

번역 **손석주** Translated by Sohn Suk-joo

손석주는 《코리아타임즈》와 《연합뉴스》에서 기자로 일했다. 제34회 한국현대문학 번역상과 제4회 한국문학번역신인상을 수상했으며, 2007년 대산문화재단으로부터 한국문학번역지원금을, 2014년에는 캐나다 예술위원회로부터 국제번역기금을 수혜했다. 인도 자와할랄 네루 대학교에서 영문학 석사 학위를, 호주 시드니대학교에서 포스트식민지 영문학 연구로 박사 학위를 받았으며 미국 하버드대학교 세계문학연구소(IWL) 등에서 수학했다. 현재 동아대학교 교양교육원 조교수로 재직 중이다. 인도계 작가 연구로 논문들을 발표했으며 주요 역서로는 로힌턴 미스트리의 장편소설 「적절한 균형」과 「그토록 먼 여행」, 「가족문제」 그리고 김인숙, 김원일, 신상웅, 김하기, 전상국 등 다수의 한국 작가 작품들을 영역했다. 계간지, 잡지 등에 단편소설, 에세이, 논문 등을 60편 넘게 번역 출판했다.

Sohn Suk-joo, a former journalist for *the Korea Times* and *Yonhap News Agency*, received his Ph.D. in postcolonial literature from the University of Sydney and completed a research program at the Institute for World Literature (IWL) at Harvard University in 2013. He won a Korean Modern Literature Translation Award in 2003. In 2005, he won the 4th Korean Literature Translation Award for New Translators sponsored by the Literature Translation Institute of Korea. He won a grant for literary translation from the Daesan Cultural Foundation in 2007 and an international translation grant from the Canada Council for the Arts in 2014. His translations include Rohinton Mistry's novels into the Korean language, as well as more than 60 pieces of short stories, essays, and articles for literary magazines and other publications.

감수 **전승희, 폴 안지올릴로** Edited by Jeon Seung-hee and Paul Angiolillo

전승희는 서울대학교와 하버드대학교에서 영문학과 비교문학으로 박사 학위를 받았으며, 현재 하버드대학교 한국학 연구소의 연구원으로 재직하며 아시아 문예 계간지 《ASIA》 편집위원으로 활동 중이다. 현대 한국문학 및 세계문학을 다룬 논문을 다수 발표했으며, 바흐친의 「장편소설과 민중언어」, 제인 오스틴의 「오만과 편견」 등을 공역했다. 1988년 한국여성연구소의 창립과 《여성과 사회》의 창간에 참여했고, 2002년부터 보스턴 지역 피학대 여성을 위한 단체인 '트랜지션하우스' 운영에 참여해 왔다. 2006년 하버드대학교 한국학 연구소에서 '한국 현대사와 기억'을 주제로 한 워크숍을 주관했다.

Jeon Seung-hee is a member of the Editorial Board of *ASIA*, is a Fellow at the Korea Institute, Harvard University. She received a Ph.D.

in English Literature from Seoul National University and a Ph.D. in Comparative Literature from Harvard University. She has presented and published numerous papers on modern Korean and world literature. She is also a co-translator of Mikhail Bakhtin's *Novel and the People's Culture* and Jane Austen's *Pride and Prejudice*. She is a founding member of the Korean Women's Studies Institute and of the biannual Women's Studies' journal *Women and Society* (1988), and she has been working at 'Transition House,' the first and oldest shelter for battered women in New England. She organized a workshop entitled "The Politics of Memory in Modern Korea" at the Korea Institute, Harvard University, in 2006. She also served as an advising committee member for the Asia-Africa Literature Festival in 2007 and for the POSCO Asian Literature Forum in 2008.

폴 안지올릴로는 예일대학교에서 영문학 학사학위를 받은 뒤 자유기고 언론인으로 《보스턴 글로브》 신문, 《비즈니스 위크》 잡지 등에서 활동 중이며, 팰콘 출판사, 매사추세츠 공과대학, 글로벌 인사이트, 알티아이 등의 기관과 기업의 편집자를 역임했다. 글을 쓰고 편집하는 외에도 조각가로서 미국 뉴잉글랜드의 다양한 화랑에서 작품 전시회를 개최하고, 보스턴 지역에서 다도를 가르치는 강사이기도 하다.

Paul Angiolillo has been an editor at M.I.T., Global Insight, R.T.I., and other institutions and enterprises, as well as a journalist and author for the *Boston Globe*, *Business Week* magazine, Falcon Press, and other publishers. He received a B.A. from Yale University in English literature. Paul is also a sculptor, with works in galleries and exhibits throughout the New England region. He also teaches tea-tasting classes in the Greater Boston Area.

바이링궐 에디션 한국 대표 소설 081
고수

2014년 11월 14일 초판 1쇄 발행

지은이 이외수 | 옮긴이 손석주 | 펴낸이 김재범
감수 전승희, 폴 안지올릴로 | 기획위원 정은경, 전성태, 이경재
편집 정수인, 이은혜, 김형욱, 윤단비 | 관리 박신영 | 디자인 이춘희
펴낸곳 (주)아시아 | 출판등록 2006년 1월 27일 제406-2006-000004호
주소 서울특별시 동작구 서달로 161-1(흑석동 100-16)
전화 02.821.5055 | 팩스 02.821.5057 | 홈페이지 www.bookasia.org
ISBN 979-11-5662-049-5 (set) | 979-11-5662-055-6 (04810)
값은 뒤표지에 있습니다.

Bi-lingual Edition Modern Korean Literature 081
Grand Master

Written by Lee Oisoo | **Translated by** Sohn Suk-joo
Published by Asia Publishers | 161-1, Seodal-ro, Dongjak-gu, Seoul, Korea
Homepage Address www.bookasia.org | **Tel**. (822).821.5055 | **Fax**. (822).821.5057
First published in Korea by Asia Publishers 2014
ISBN 979-11-5662-049-5 (set) | 979-11-5662-055-6 (04810)

미의 사제들 Aesthetic Priests
식민지, 해방, 전쟁, 분단의 험난한 파고를 겪어온 20세기의 한국 문학에서 '미의식'은
단순히 미적 세련과 언어의 성취만으로 말할 수 없다. 그것은 때론, 핍진한 현실에서의
극단적 도피로, 혹은 속물적 근대성에 대한 저항으로, 미적 현대성에 대한 무모한 질주로,
때론 강박적 사회 이데올로기를 넘어서고자 하는 전복적 실험으로 다양하게 변주되어 왔다.
'미의 사제들'의 작품들이 이룬 탁월한 미적 성취는 이, 복잡다단한 현실과 현대적
개인의식이 만나는 교묘한 지점들을 보여준다.

In Korean literature of the twentieth century—a disastrous century of
colonization, liberation, war, and division of the country—beauty cannot be
discussed only in terms of aesthetic refinement and linguistic achievements.
Authors tried various ways of pursuing beauty: through escaping reality, resisting
vulgar modernity recklessly dashing toward aesthetic modernity, and subversive
experiments that aimed to overcome oppressive ideologies. The superb aesthetic
achievements demonstrated in the five-work collection 'Aesthetic Priests' show
the intricate crossroads where the century's complicated reality meets individual
modern consciousness.

Lee Oisoo

이 소설은 물질에 대한 탐욕과 승부에 대한 욕망이 뒤섞여 만들어낸 터질 듯한 긴박감, 거친 숨소리와 노름판의 열기가 훅 끼치는 듯한 사건의 복판으로 우리를 데려간다. 그런 면에서 실상 고수 중의 고수는 작가 이외수 자신이라고 할 수 있다. 우화적인 설정과 초현실적인 기법을 적절히 배치하는 균형 감각, 사건의 낙차와 완급을 장악하는 힘과 사건에 맞추어 날렵하게 치고 빠지는 문체 등은 실로 일품이 아닐 수 없다.

The story takes us into a gambling den, with its hardboiled atmosphere, bated breaths, and heatedness: the effects of the intermingling of material greed and hunger for winning. In this sense, the best "master" of the game is the writer himself, Lee Oisoo, since he is a master of allegorical setting, the well-balanced use of supernatural techniques, the control of tempo and tone, and a scintillating style of writing that heightens the tension, before quickly dispelling it as events unfold.

해설 중에서 From the Afterword

작가 이외수는 『벽오금학도』, 『괴물』, 『장외인간』 등 대부분의 작품에서 때로는 환상적인 사건을 통해, 때로는 작가적 논평을 통해 세상이 얼마나 잘못된 방향으로 치닫고 있는가를 일관되게 환기시킨다. 낭만도 예술도 힘을 잃고 양심도 전통도 죽었으며 마음도 영혼도 메말라버린 세상에서, 거짓과 폭력, 몰염치와 도덕적 타락만이 난무하고 있다는 것이다. 그가 이 병든 세상을 변화시킬 수 있는 방법으로 제안하고 있는 것이 낭만적 감성과 초월적 상상력, 순수성의 회복이라는 반근대적인 해법이다. (……) 결론적으로 이외수 소설의 주체는 상처받은 인간의 영혼을 위무하고 황폐해진 감성을 깨우며 퇴화된 정신능력을 회복하길 바라는 구원의 문학이다.

By portraying magical events or commenting on the human experience, most of Lee Oisoo's works, such as *A Painting of Golden Crane on Paulownia Tree; Monster*, and *A Human on the Margin*, have drawn attention to the fact that the world has veered off in the wrong direction. In a world where love and beauty have lost their power, he seems to say, conscience and norms are dead, and mind and spirit forgotten—so deceit, violence, shamelessness, and depravity prevail. In order to heal this sick world, he counsels breaking away from modernity and recovering romantic emotion, surreal imagination, and innocence. [...] As a result, the subject of Lee's fiction is no less than the power of literature to act as a salvation and balm for the broken human soul, ravished emotions, and degraded spirit.

구수경 Ku Su-gyeong (literary critic)

값 8,500원

04810

9 791156 620556

ISBN 979-11-5662-049-5 (set)
979-11-5662-055-6